El Rinoceronte Rojo

de
Alan Rogers

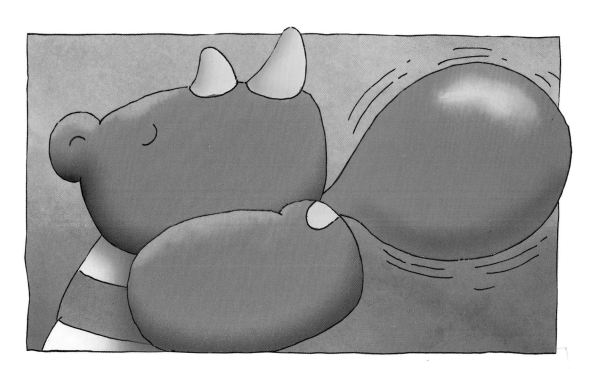

Para Michael

El Rinoceronte Rojo tiene un globo rojo.

Lo lleva cuando sale a pasear.

El Rinoceronte Rojo atrapa una pelota roja ...

pero pierde el globo rojo.

El Rinoceronte Rojo ve una
manzana roja ...

pero no ve el globo rojo.

El Rinoceronte Rojo ve un semáforo
en rojo ...

pero no ve el globo rojo.

El Rinoceronte Rojo ve un pez rojo ...

pero no ve el globo rojo.

El Rinoceronte Rojo ve un
aeroplano rojo . . .

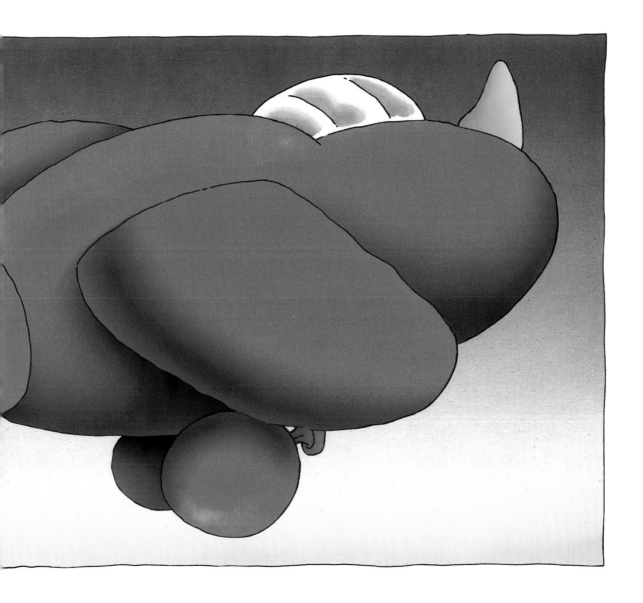

pero no ve el globo rojo.

El Rinoceronte Rojo ve un
pájaro rojo . . .

y ve el globo rojo . . .

¡Bang!